POÉSIES.

MARTYRE

DE

Jehanne la Pucelle

AVEC UN AVANT-PROPOS

SUR LE PSYCHO-MAGNÉTISME, L'INSPIRATION,
LA SECONDE VUE, ETC.,

ET QUELQUES AUTRES POÉSIES,

PAR

JULES CERNESSON.

Prix : 75 centimes.

Dijon,

IMPRIMERIE LOIREAU-FEUCHOT,

40, rue Chabot-Charny, 40.

1852.

POÉSIES.

MARTYRE

DE

Jehanne la Pucelle

AVEC UN AVANT-PROPOS

SUR LE PSYCHO-MAGNÉTISME, L'INSPIRATION,
LA SECONDE VUE, ETC.,

ET QUELQUES AUTRES POÉSIES,

PAR

JULES CERNESSON.

Prix : 75 centimes.

Dijon,

IMPRIMERIE LOIREAU-FEUCHOT,

40, rue Chabot-Charny, 40.

1852.

A

Monsieur Lambert,

mon très-honoré Maître,

Hommage de Reconnaissance.

J. Cernesson.

Et c'est ainsi, dis-je à mon ame,
Que dans l'ombre de ce bas lieu,
Tu brûles, invisible flamme,
En la présence de ton Dieu.

(LAMARTINE, *Harmonies poétiq. et relig.*)

Avant-Propos.

A cette époque désastreuse de la guerre de CENT ANS, où les Anglais étaient presque maîtres de toute la France, et lorsque les derniers débris de l'armée française luttaient avec peine pour reconquérir leur nationalité opprimée, la Providence sembla venir au secours des Français, en suscitant une jeune inspirée, une noble héroïne qui fît rentrer dans les cœurs découragés un enthousiasme ardent et l'espérance de la victoire.

J'ai cherché à décrire dans ces vers le caractère mystérieux de cette jeune fille, que d'anciennes prédictions annonçaient comme devant être la libératrice du royaume, et qui, sortie des derniers rangs du peuple, s'éleva à la hauteur des plus grands hommes de son temps ; les souffrances de sa captivité, les persécutions affreuses que lui firent endurer la haine des Anglais et le fanatisme de l'Inquisition.

Casimir Delavigne, ce nouveau Tyrtée qui a célébré en vers sublimes la gloire et les revers des Français, a décrit dans une de ses Messéniennes le noble courage et le martyre de l'héroïne de Domremy.

Mais il me semble qu'il n'a pas montré sous son véritable

jour le côté le plus extraordinaire du caractère de Jeanne d'Arc, je veux dire cette faculté mystérieuse de l'âme qui la mettait en communication avec les autres intelligences, et qui, en ranimant partout l'enthousiasme et l'esprit de nationalité qui commençait à s'éteindre, contribua beaucoup plus que son courage à sauver la France.

D'un autre côté, on n'a considéré ordinairement cette influence mystérieuse que sous le point de vue religieux; de sorte que son histoire ressemble à la plupart des légendes du Moyen-Age, à ces récits merveilleux enfantés par l'imagination superstitieuse des peuples barbares, qui ne voyaient dans les événements les plus naturels que l'œuvre des démons, des saints ou des sorciers. Il en est résulté que les incrédules, ou ceux qui ne veulent pas croire sans comprendre, ont considéré l'histoire de Jeanne d'Arc comme une comédie préparée par ceux qui étaient alors à la tête des affaires, et qui voulaient faire croire par ce moyen que Dieu était avec eux et leur promettait la victoire. Cependant, à quelque secte philosophique ou religieuse que l'on appartienne, pour peu que l'on ait réfléchi sur certains mystères de la vie et que l'on ait cherché à se rendre compte de beaucoup de faits extraordinaires qui se passent tous les jours dans le monde, on a dû nécessairement reconnaître qu'il existe une communication entre les ames, et que des personnes peuvent se parler en imagination, à quelque distance qu'elles se trouvent l'une de l'autre, et beaucoup plus facilement que par le télégraphe électrique.

Pour moi, j'ai pu acquérir sur ce point une certitude absolue, et, sans répéter ici tout ce qu'ont dit Swedenborg et plusieurs philosophes mesmériens sur le mystère de l'incarnation des ames et la communication avec les esprits invisibles, je puis dire, comme eux, que j'ai vu et entendu toutes ces choses que je considérais auparavant comme des chimères ou des illusions des sens.

Swedenborg dit, en parlant de la communication entre les ames, qui, en s'unissant, n'ont plus qu'une seule et même pensée :

« Similis loquela qualis est in mundo spirituali, insita est

« cuivis homini, sed in parte ejus intellectuali interiore. An-
« geli qui loquuntur cum homine, non loquuntur in sua lin-
« gua, sed in lingua hominis, et quoque in aliis linguis quas
« homo callet; causa quod ita sit est quia angeli, cum loquun-
« tur cum homine, vertunt se ad illum, et conjungunt se illi,
« et conjunctio angeli cum homine facit ut uterque simili co-
« gitatione sit... etc. »

Le philosophe suédois parle ici de la conversation des anges
avec les hommes; mais, que ces intelligences soient sur la terre
ou qu'elles soient de purs esprits dans l'espace infini, il me semble que c'est absolument la même chose, puisque ces conversations ont lieu à de trop grandes distances pour être perçues par
les sens, et qu'elles se font seulement en esprit.

Qui de nous n'a eu quelquefois de ces hallucinations, et n'a vu
d'autres personnes sous l'influence d'une pensée étrangère qui
les faisait parler ou leur inspirait des réflexions qu'elles n'au-
raient jamais faites d'elles-mêmes dans des circonstances sem-
blables? Il n'y a pas de jour où l'on n'en voie des exemples.

Qui de nous encore ne s'est bercé de cette douce pensée, que
des amants, séparés l'un de l'autre, se parlent quelquefois en
imagination, et, les yeux fixés sur une étoile sympathique, se
communiquent leurs sentiments et leurs projets? Ne nous est-
il pas arrivé souvent aussi, en nous promenant dans la campa-
gne par un beau jour de printemps, sous un ciel pur, et lorsque tout semble se ranimer dans la nature, d'avoir entendu
comme une musique aérienne et des voix amoureuses bourdon-
ner au loin dans les airs? Mais lorsque cette impression est ef-
facée, la réflexion vient détruire toutes ces illusions; alors, ceux
qui n'ont pas encore pu connaître la cause réelle de ces sensations attribuent ces doux murmures au bourdonnement des in-
sectes, et ces pensées poétiques et amoureuses à leur imagination excitée par le spectacle de la nature.

Cependant, il est bien certain que nous avons pu entendre
souvent des voix se croiser dans les airs ou murmurer avec le
vent dans le feuillage des arbres, et que, sans nous en aperce-
voir, nous avons peut-être pris part à ces conversations.

Aussi, pour ceux qui ont reconnu l'existence de cette communication entre les ames, il n'y a rien d'étonnant que les anciens aient cru si longtemps aux oracles, aux révélations des songes, aux prophètes, aux apparitions des morts et aux voix mystérieuses que l'on entendait dans les temples et dans les bois sacrés, surtout à l'approche des grandes calamités, comme le dit Virgile, en parlant de la mort de César :

> Armorum sonitum toto Germania cœlo
> Audiit, insolitis tremuerunt motibus Alpes.
> Vox quoque per lucos exaudita silentes
> Ingens, et simulacra modis pallentia miris
> Visa sub obscurum noctis; pecudesque locutæ!
>
> (VIRG., *Georg.*, lib. I.)

Il y avait assurément des raisons pour y croire, et ceux qui rendaient les oracles entendaient beaucoup de choses dans le silence de leurs temples, ou bien étaient sous l'inspiration d'autres intelligences qui leur dictaient leurs réponses.

S'étonnera-t-on encore que l'on ait tant parlé des merveilles du Magnétisme et des facultés extraordinaires des *somnambules* qui jouissent de la seconde vue? Il y a, sans doute, dans tout cela, un peu de charlatanisme; mais je suis persuadé que ce qu'il y a de plus extraordinaire dans les phénomènes découverts ou plutôt renouvelés par Mesmer est bien réel; les somnambules sont magnétisées, et douées de la seconde vue, lorsqu'elles sont en communication de pensée avec une personne qui voit ou entend ce qu'elles doivent voir ou entendre elles-mêmes. En outre, comme il y a une relation intime entre les pensées et les sensations, il s'ensuit que plusieurs personnes, fort éloignées l'une de l'autre, peuvent éprouver en même temps les mêmes sensations.

Les Matérialistes, ceux qui ne voient dans le monde que de la matière en mouvement et des sensations physiques, ont expliqué tous ces faits en supposant l'existence d'un fluide magnétique animal analogue au fluide électro-magnétique. En effet, cette

hypothèse suffirait peut-être pour expliquer tous les effets phy-
siologiques; car, dans le télégraphe électrique, par exemple,
lorsque l'action d'un aimant sur un fil métallique produit un
courant qui met en mouvement un cadran ou une aiguille ai-
mantée, le fluide électrique se communique instantanément au
moyen du fil conducteur, et le même mouvement se produit en
même temps dans un autre appareil placé à plusieurs myria-
mètres de distance.

On pourrait donc comparer l'organisme animal à un appareil
électro-moteur, et supposer que les sensations se communique-
raient au moyen du fluide magnétique qui enveloppe le globe.
Il y a même encore un autre point de ressemblance; c'est que
tout se passe comme s'il y avait dans le monde des *ames physiques positives* et des *ames physiques négatives,* de même qu'il y
a dans l'électricité un fluide *positif* et un fluide *négatif,* qui, en
s'unissant, produisent de la lumière et forment ensuite le fluide
naturel.

Mais il n'y a pas seulement communication des effets physio-
logiques : il y a aussi communication de l'intelligence qui raisonne ; et la matière, quelque fluide qu'elle soit, ne raisonne
pas.

Il faut donc admettre l'existence d'ames immatérielles, intelligentes, qui ne sont pas sujettes au changement comme la
matière, et qui, par conséquent, existeront de toute éternité.
Ces ames individuelles sont contenues dans l'ame universelle,
la grande ame du monde, Dieu ; et il y a attraction, union intime entre deux intelligences; c'est-à-dire que l'une entend l'autre et se confond avec elle, quand elles sont de nature différente.

D'où peut provenir cette différence apparente entre les ames
humaines? On ne pourrait pas les comparer, sous ce rapport,
aux corps électrisés, ou bien aux aiguilles aimantées, qui sont
sous l'influence du fluide magnétique universel, et dont les pô-
les s'attirent ou se repoussent, suivant qu'ils sont de même nature ou de nature différente, puisque ce sont des substances
immatérielles et intelligentes.

Ceux qui sont ainsi entendus seraient-ils, comme quelques-uns l'ont prétendu, des anges qui s'incarnent sur la terre pour établir une communication entre le monde et Dieu ; pour être des intermédiaires entre les choses visibles et les choses invisibles ? Ou bien serait-ce sur cette différence qu'est fondée cette antique tradition qui divise les hommes en *enfants de Dieu* et en *enfants des hommes?*

C'est ce que je ne discuterai point ici.

Toujours est-il que cette différence existe ; et il y a sans doute, pour cela, de bonnes raisons. En effet, c'est cette communication entre les différentes ames qui répand les idées dans le monde : c'est le génie des peuples, le lien des sociétés ; et il est probable que, sans cela, il ne se serait jamais formé de nations aussi nombreuses, parlant la même langue, et réunies par une communauté d'intérêts.

On sait que, jusqu'à la venue du Messie, les *enfants de Dieu* étaient toujours restés en communication avec l'*esprit divin*, tandis que les *enfants des hommes* l'avaient complètement oublié, et ne s'occupaient plus que de la matière et du culte extérieur. La mission du Christ fut de réunir les hommes par l'*esprit*, et de les rendre tous *enfants de Dieu*, comme on peut le voir dans les versets suivants :

« Spiritus, ubi vult, spirat ; et vocem ejus audis, sed nescis « unde veniat aut quo vadat : sic est omnis qui natus est ex « spiritu. » (S. JEAN.)

« Effundam de spiritu meo super omnem carnem ; et prophe- « tabunt filii vestri et filiæ vestræ, et juvenes vestri visiones vi- « debunt, et seniores vestri somnia somniabunt. » (ISAÏE, JOEL.)

« Quotquot autem receperunt eum, dedit eis potestatem filios « Dei fieri, his qui credunt in nomine ejus. » (S. JEAN.)

« L'*esprit* souffle où il veut, et vous entendez bien sa voix ; mais vous ne savez d'où il vient, ni où il va ; il en est de même de tout homme qui est né de l'esprit. »

« Je répandrai mon esprit sur toute chair ; et vos fils et vos filles prophétiseront, et vos jeunes gens auront des visions, et vos vieillards auront des songes. »

« Il a donné à tous ceux qui l'ont reçu, et qui croient en son nom, le pouvoir de devenir enfants de Dieu. »

Si cette communication des ames existe pendant la vie, il n'y a pas de raison pour qu'elle n'existe pas après la mort, puisque les ames sont immortelles. Les morts peuvent donc continuer à s'occuper des affaires de ce monde; il y a donc, sans parler de Dieu, une Providence qui veille sur nous, nous protège contre l'injustice, et dirige les événements avec sagesse vers un but fixé d'avance.

Ainsi, il ne me paraît donc pas impossible que Jeanne d'Arc n'ait entendu des voix divines et n'ait obéi à des génies tutélaires de la France.

En conclura-t-on que, dans ce cas, tout doit être pour le mieux dans ce monde, et que ces génies tutélaires doivent toujours être assez puissants pour protéger le juste? Pour mon compte, je ne puis pas être de cet avis, car je crois avoir toujours eu plusieurs protecteurs invisibles, et, cependant, j'ai enduré de grandes injustices.

Mais on sait que tous les peuples, depuis le commencement du monde, ont toujours reconnu l'existence de deux principes : le principe du bien, de la lumière, de l'intelligence ; et le principe du mal, des ténèbres, de l'ignorance.

Ces deux principes se font une guerre continuelle, et la lutte doit, dit-on, se terminer par le triomphe du génie du bien sur celui du mal.

Le règne de l'esprit du mal doit finir lorsque les principes évangéliques prêchés par Jésus-Christ auront triomphé par toute la terre du fanatisme et des préjugés de l'ancien monde.

J'ai eu, plus que beaucoup d'autres, occasion de reconnaître l'influence du génie du mal sur la terre. En voyant le méchant protégé, heureux parce qu'il était méchant et approuvait l'injustice, et le juste persécuté, malheureux parce qu'il était juste et invoquait la justice, je n'avais d'autre consolation que de répéter cette phrase des *Paroles d'un Croyant* : « *Le serpent a vaincu, mais pas pour toujours.* » Maintenant encore, en attendant le triomphe du bon principe, je répète souvent en imagination : « *Adveniat regnum tuum, fiat voluntas tua.* »

J'ignore si ceux qui possèdent cette *faculté expansive et rayon-*
nante de l'ame sont en grand nombre sur la terre ; mais il y a
eu, à toutes les époques, quelques êtres privilégiés, des hommes
de génie qui sont arrivés, par ce moyen, à un haut degré de
puissance ou de célébrité, surtout chez les peuples de l'Orient,
dont les imaginations ardentes et passionnées pour le merveilleux sont plus faciles à entraîner : ainsi Mahomet, qui écrivait,
dit-on, le Coran, sous l'inspiration d'un ange et était quelquefois transporté en esprit dans le monde invisible, et beaucoup
d'autres législateurs ou guerriers qui furent appelés *prophètes*
ou *enfants des dieux.*

Ce fut aussi par ce moyen que les Camisards, conduits par
Jean Cavalier, devinrent si redoutables, lorsque les *enfants-pro-*
phètes, inspirés par l'Esprit, faisaient retentir le cri de guerre
sur les hauteurs des Cévennes et poussaient au combat ces guerriers fanatiques.

C'était encore cette *voix de Dieu* qui faisait prophétiser les
femmes des barbares du Nord, et précipitait ces hordes sauvages
sur les débris de l'empire romain comme sur une proie.

Mais beaucoup de ces *voyants* ou *illuminés* ont été victimes de
leur dévouement, et persécutés par les tyrans qui craignaient
leur influence, ou par les ignorants qui les considéraient comme
sorciers.

Ainsi, JEANNE D'ARC, malgré la noblesse de ses sentiments et
sa naïve innocence, souffrit le martyre, immolée par le fanatisme de l'Inquisition et la vengeance des Anglais.

Plus tard, URBAIN GRANDIER, curé de Loudun, périt sur le bûcher, victime de la vengeance de Richelieu, parce qu'il commu-
niquait *en esprit* avec des religieuses, et les faisait parler grec et
latin. Cet effet, qu'il produisait peut-être sans le savoir, fut pris
pour prétexte ; mais on sait que la véritable cause de la haine du
cardinal fut l'esprit d'indépendance d'Urbain en matière politique et religieuse ; et l'histoire a justement flétri la mémoire de
ses juges, ames damnées qui employèrent, pour le condamner,
les moyens les plus iniques, les stratagèmes les plus affreux.

Souvent aussi les ambitieux et les égoïstes, qui ne voient dans les autres que des instruments propres à satisfaire leurs passions ou à servir leurs intérêts, ont cherché à se rendre maîtres des personnes douées de cette faculté, pour s'en faire un moyen d'influence ou pour réaliser ces histoires voluptueuses des Romains sur les *dieux succubes* et *incubes,* que l'on appelait *vampires* au Moyen-Age. Plus souvent encore, la POLICE, ce pouvoir mystérieux qui étend partout son influence et cherche à pénétrer les secrets les plus cachés, les emploie dans l'intérêt de la société, et les fait servir à modifier l'opinion publique, à répandre partout des idées d'ordre et de justice, et à inspirer une crainte salutaire de la loi.

Comme ils sont en tout temps en communication avec l'autorité supérieure, et que, pour cette raison, on peut avoir en eux une confiance illimitée, on les charge des missions les plus importantes, lorsqu'ils sont intelligents et éclairés, et on leur confie une grande autorité. Alors ils sont l'ame et la force de la police, et ils en obtiennent la fortune et les honneurs.

Mais quelquefois aussi, comme je l'ai déjà dit, les ambitieux et les égoïstes qui disposent d'un pouvoir occulte quelconque, et qui veulent vivre aux dépens des autres, cherchent à s'en faire pour eux-mêmes des *instruments de police* et à les exploiter à leur profit. Et de quels moyens se servent-ils pour s'en rendre maîtres? Il faut, disent-ils, les *rendre fous* ou *coupables*; puis ils emploient les machinations les plus infernales, toutes les tortures physiques et morales pour arriver à ce résultat. Ensuite, ils leur créent partout des difficultés et des obstacles insurmontables; ils changent leur vie tranquille en une existence agitée et aventureuse; enfin, ils détruisent leur santé et leur intelligence, en les tourmentant nuit et jour; et, tandis qu'ils font leur fortune, ils ne s'occupent pas même de leur procurer des moyens d'existence, de crainte qu'ils ne parviennent à se soustraire à leur influence.

Alors, si, comme Job, qui, poursuivi par le génie du mal et plongé dans un abîme de malheurs, réduit à se coucher sur un fumier pour panser ses plaies, après s'être vu au comble de la prospérité, eut le courage de résister et de rester toujours fidèle

au principe du bien, malgré les sollicitations de sa femme et de
ses amis ; si, comme Job, dis-je, ils refusent de *se rendre* et
veulent aussi conserver leur dignité et leur indépendance, malheur à eux ! En quelque lieu qu'ils aillent vivre, des voix enne-
mies les poursuivront et exciteront contre eux toutes les mau-
vaises passions ; peut-être même finiront-ils par succomber,
victimes de quelque lâche trahison, comme Jeanne d'Arc, qui
fut abandonnée par quelques traîtres, dans une sortie qu'elle fit
au siége de Compiègne. On s'était servi d'elle, comme d'un
instrument, pour s'en faire un marche-pied ; puis, lorsque sa
mission fut accomplie, pour ne plus entendre l'instrument, on le
brisa.

Certes! celui qui pourrait approfondir tous les secrets de la société et en sonder les plaies les plus cachées, trouverait maintenant encore bien des victimes et des crimes impunis ; il dé-
couvrirait bien des mystères plus terribles que tout ce qu'a dit
Eugène Sue dans le Juif-Errant et les Mystères de Paris.

Cependant, il me semble que ceux qui sont chargés de protéger la liberté et les droits des citoyens doivent connaître tous
ces mystères, toutes ces influences occultes qui remuent la société, et doivent pouvoir les diriger selon les voies de la justice.
Pourquoi ne le fait-on pas toujours? C'est une énigme que je
ne puis m'expliquer.

Pour moi, sans avoir joué un rôle aussi important que Jeanne
d'Arc, je me suis trouvé dans des circonstances absolument sem-
blables : j'ai éprouvé les mêmes souffrances et les mêmes joies ;
j'espère qu'après toutes ces explications, et avec l'appui de tous
les cœurs de bonne volonté, j'aurai une fin plus heureuse que
celle de cette jeune fille.

Voilà pourquoi j'ai songé à écrire en vers l'histoire de Jeanne
d'Arc ; j'ai voulu montrer ainsi comment, malgré toutes les lois
qui protègent la liberté et la dignité individuelles, un honnête
homme peut être perdu pour jamais, victime d'une vengeance
abominable, ou sacrifié par ceux qui, après s'en être fait un marche-pied pour arriver à la fortune, veulent jouir tranquillement
du fruit de leurs iniquités.

J'ai voulu faire voir en même temps par quels ressorts cachés la Providence agit quelquefois sur le monde pour changer le sort des nations.

Dans tout ceci, je n'ai pas été le jouet de mon imagination ; j'ai dit ce qui me paraissait évident, car je m'occupe beaucoup plus de sciences exactes que d'utopies imaginaires, et j'ai discuté cette question comme un problème de Physique. Cette discussion est possible, puisque les principes sur lesquels elle repose sont vérifiés par l'expérience, comme ceux de la Physique.

Je puis ajouter encore que, malgré tout le mal que l'on m'a fait et tous les embarras que l'on m'a créés, je suis resté tout-à-fait indépendant, et que je n'ai jamais donné à personne le droit de disposer de moi.

Je proteste donc ici contre des machinations infâmes et des persécutions dignes de l'Inquisition, qu'il serait trop long d'expliquer ; et j'espère que ceux qui doivent être pour moi des anges gardiens sauront me faire rendre justice tôt ou tard.

En attendant le jour de la justice et de la réparation, j'ai bien l'intention de rester toujours fidèle à la devise que j'ai adoptée depuis longtemps :

« FAIS CE QUE DOIS, ADVIENNE QUE POURRA. »

Dijon, le 20 juillet 1851.

—

P.-S. — Depuis que les réflexions précédentes ont été écrites, il est survenu en France une commotion politique à la suite de laquelle un pouvoir plus grand a été remis entre les mains de Louis-Napoléon Bonaparte.

L'élu du peuple mettra sans doute fin à nos discordes civiles, en soulageant toutes les souffrances et en rétablissant partout le règne de la justice et de la loi.

Voici ce qu'il disait, dans son Message à l'Assemblée nationale législative (4 novembre 1851) :

« Dans la transition de l'ancien régime universitaire à un régime de liberté, beaucoup de positions honorablement et péniblement acquises se trouvent menacées. Cependant, de modestes fonctionnaires, enlevés à leur carrière par des événements de force majeure, ne doivent pas perdre le prix de leurs services passés. Une proposition vous sera soumise à cet effet, et vous vous associerez, je n'en doute pas, à cette œuvre de juste réparation. »

En effet, par son décret du 19 décembre 1851, le Président de la République a accordé un traitement de réforme aux fonctionnaires que l'administration de l'instruction publique ne peut plus employer. Ce traitement, quoique insuffisant pour ces fonctionnaires, auxquels on aurait pu cependant conserver leur emploi, n'en est pas moins une ressource.

Espérons que le neveu du grand homme qui a organisé l'Université pour donner à la France un enseignement national, ne laissera pas détruire complètement l'œuvre de l'Empereur, et qu'il n'abandonnera pas tout-à-fait d'honorables fonctionnaires, qui ne veulent que servir leur patrie, dans une carrière à laquelle ils se sont préparés par de longues et pénibles études.

J. CERNESSON.

Verdonnet (Côte-d'Or), 15 janvier 1852.

Jehanne la Pucelle.

Beati qui persecutionem patiuntur propter justitiam, quoniam ipsorum est regnum cœlorum.

(ÉVANGILE DE S. MATHIEU, ch. 5, v. 10.)

Jehanne la Pucelle.

(1429 - 1431.)

> Il y a trois voix qui crieront éternellement
> vengeance contre l'Angleterre : celle de Jeanne
> d'Arc sur son bûcher, celle de Marie Stuart
> sur son échafaud, et celle de Napoléon sur son
> rocher.
>
> (A. DUMAS.)

> Il y a un grand nombre de voix qui crie-
> ront éternellement vengeance contre le fana-
> tisme et l'ignorance supertitieuse et égoïste :
> c'est celle de Jésus-Christ sur sa croix ; de
> Jeanne d'Arc sur son bûcher; celle de Socrate,
> de Galilée, et, en un mot, de tous les hommes
> de génie et d'intelligence qui ont souffert pour
> la justice et la vérité.
>
> (J. C.)

POURQUOI tous ces soldats, cet appareil guerrier,
Ces enseignes qu'au loin le vent fait ondoyer?
Où se presse, à grands cris, cette foule agitée
Comme les flots bruyants d'une mer irritée?...
Écoutez du clairon les accents belliqueux,
Et des nombreux tambours les roulements affreux !
Serait-ce de l'assaut le signal redoutable?
Ces guerriers enflammés d'un courage indomptable
Vont-ils aux champs de Mars affronter le trépas?
Non ; la gloire aux combats ne les entraîne pas.

Ces braves, triomphant d'une femme sans armes,
Sur un triste bûcher vont voir couler ses larmes ;
Jehanne prisonnière, ô spectacle odieux!
Expiera par sa mort ses exploits glorieux,
C'en est donc fait! le ciel, abandonnant la France,
Lui ravit son soutien, sa plus ferme espérance !

. . . .

. . . .

Emportée au combat par sa bouillante ardeur,
Tandis qu'elle semait dans les rangs la terreur,
L'héroïne, à la fin, des siens abandonnée,
D'ennemis tout-à-coup se vit environnée.
Après tous les efforts d'un courage inouï,
Elle vit qu'il fallait se rendre à l'ennemi,
Et remit son épée au Bâtard de Vendôme ;
Puis, un cri retentit bientôt dans le royaume :
« Jehanne est prisonnière au pouvoir des Anglais ! »
Ce cri jeta l'effroi dans tous les cœurs français,
Et chez leurs ennemis ranima l'espérance.

. . . .

. . . .

Pour calmer les ennuis et la longue souffrance
Que lui fit endurer dans sa captivité
La haine de l'Anglais, par sa gloire irrité,
Elle avait les conseils des esprits invisibles,
Les consolantes *voix* de ces ames sensibles,
De son ame divine échos mystérieux,
Habitants de la terre, ou bien anges des cieux,
Qui, jusqu'alors, avaient dirigé sa pensée.
Cependant, des Français elle était délaissée ;
Ses voix n'apportaient plus l'espérance en son cœur,
Et son ame ployait sous le poids du malheur.
On lui disait souvent qu'une horrible vengeance
Se préparait contre elle, et que, dans la souffrance,
Elle devait bientôt voir flétrir sa beauté.
Jehanne, qui montrait tant d'intrépidité

Lorsque dans les combats elle exposait sa vie,
Tremblait alors devant cette lente agonie.
Comme autrefois le CHRIST, au mont des Oliviers,
Dont il suivait, rêveur, les arides sentiers,
Songeant avec angoisse à ce cruel supplice,
Holocauste sanglant, effrayant sacrifice
Qui sur le Golgotha devait se consommer,
Pour que la vérité qu'il venait proclamer,
Loi d'amour, de progrès, loi puissante et féconde,
Pût vaincre l'égoïsme et régner sur le monde,
Et priant le TRÈS-HAUT d'avoir pitié de lui;
Elle aussi, du Seigneur elle implorait l'appui,
Et mêlait nuit et jour les pleurs à la prière.
Prosternée humblement sur les dalles de pierre :
« Oh! détournez de moi ce calice de fiel !
« Disait-elle, en levant ses regards au ciel,
« Seigneur! ou mettez fin à ma triste existence! »
Un jour, la pauvre enfant, perdant toute espérance,
A de sombres projets se laissait entraîner;
Sa chambre, tout-à-coup, parut s'illuminer
Des reflets éclatants d'une divine flamme;
Dans une vision *visible pour son ame*,
Elle aperçut alors ses anges gardiens
Dont les regards ardents se fixaient sur les siens.
« Jehanne, dirent-ils, Dieu lit dans ta pensée
« Les coupables projets de ton ame insensée;
« Le suicide est impie aux yeux de l'Eternel;
« Mais l'homme s'ennoblit et devient immortel,
« Lorsque, pour la justice, il souffre le martyre;
« Par la main du Seigneur laisse-toi donc conduire. »
« — Oh! mes anges, dit-elle en se tordant les bras,
« A ces hommes cruels ne m'abandonnez pas;
« Mieux vaut cent fois la mort que souffrir ces tortures
« Et me voir exposée à leurs lâches injures. »
« — Il faut te résigner, attendre, dit la voix;
« Dieu fixera ton sort : tu n'en as pas le choix. »

« — Hélas! s'écria-t-elle en essuyant ses larmes,
« Pourquoi m'avoir forcée à revêtir les armes ?
« Plût au ciel que je fusse encore en mon hameau ,
« Pauvre et obscure enfant, auprès de mon troupeau ! »
La jeune fille alors, par la douleur brisée,
Resta sans mouvement sur la pierre glacée ;
Et puis, le lendemain, on retrouva encor
Son corps froid et empreint des couleurs de la mort.
Après avoir été rappelée à la vie,
Elle reçut d'abord la sainte Eucharistie;
Puis, le jour se passa, triste et silencieux.
Le ciel, d'un gris de plomb, très-sombre et pluvieux,
N'éclairait qu'à demi sa chambre solitaire ;
Octobre répandait ses brumes sur la terre
Et voilait les objets sous un sombre linceul ;
Tout devait augmenter la tristesse et le deuil
Dans le cœur abattu de la pauvre captive,
Mêlant au bruit du vent sa voix douce et plaintive.
L'horreur de cette scène augmenta vers le soir ;
Le vent du nord battait les tours de Beaurevoir,
S'engouffrant dans la chambre en bruyantes rafales,
Ou bien tourbillonnant dans les longues spirales
Qui montaient par degrés au sommet du donjon ,
Ou sifflant dans les murs de la vaste prison ,
Et produisant partout, dans ces sombres enceintes ,
De longs gémissements et de lugubres plaintes.
Au milieu de ces bruits sourds et mystérieux,
Elle entendait des cris terribles, furieux ;
Des imprécations et des voix menaçantes,
N'annonçant que vengeance et peines effrayantes :
On eût dit qu'à cette heure un concert infernal
Réunissait dans l'air tous les esprits du mal.
Ces voix qui l'effrayaient, *en parlant à son ame* ,
Et mêlaient leur fureur à ce terrible drame,
C'étaient les ennemis qu'elle avait combattus,
Et qu'avaient excités sa gloire et ses vertus :

L'Orgueil humilié, la détestable Envie,
Qu'irritent les succès et l'éclat du génie;
Le Fanatisme aveugle, ignorant et cruel,
Ne connaissant de Dieu que le temple et l'autel
Ceux qui, pour s'enrichir, ayant fait des victimes,
Craignaient le châtiment mérité par leurs crimes,
Et qui, se croyant tous accusés par sa voix,
Espéraient, par sa mort, de se soustraire aux lois.
Des spectres effrayants apparaissaient dans l'ombre,
Et chaque instant voyait en augmenter le nombre.
Puis, en prêtant l'oreille, elle entendit soudain
Quelques hommes marcher dans l'escalier voisin :
Ils parlaient assez haut d'instruments de torture
Qui devaient leur servir dans cette nuit obscure,
Et s'excitaient entre eux à la férocité.
Par tant d'émotions son esprit agité
Faiblit et s'exalta bientôt jusqu'au délire ;
Alors, en moins de temps qu'il n'en faut pour le dire,
Elle ouvrit la fenêtre et se précipita.....
. . . .
Un long cri de douleur qu'alors elle jeta
Retentit dans les airs et traversa l'espace.....
Le soldat qui veillait, immobile à sa place
Comme un bloc de granit au milieu des créneaux,
Accourut à ce bruit : on s'arma de flambeaux ;
Puis on trouva bientôt Jehanne évanouie
Et qui donnait encore quelques signes de vie.
Transportée au donjon, elle reprit ses sens ;
Sa santé se remit au bout de quelque temps,
Grâce aux soins empressés de quelques nobles dames
Qui, suivant cet instinct commun aux grandes ames,
Avaient pour l'héroïne une tendre amitié.
Cependant les Anglais n'avaient pas oublié
Leurs projets de vengeance et leur cruelle haine;
Déjà, pour seconder leur fureur inhumaine,
Ils avaient réuni ce sombre tribunal,

De suppôts de Satan assemblage infernal,
Fanatiques cruels, dont le nom sur la terre
Est inscrit pour jamais en sanglant caractère ;
Qui, préférant au jour les ombres de la nuit,
Pour gouverner le corps voulaient tuer l'esprit ;
Et, prouvant par le fer, les bûchers, les tortures,
Flétrissaient sous leur joug les ames les plus pures.
Alors, en attendant le fatal jugement,
On la fit transporter dans la tour de Rouen.
Ce fut là que l'on vit cette vierge sublime,
Ange tombé des cieux, noble et sainte victime,
Livrée à la fureur des esprits de l'Enfer ;
Et, sous les lourds barreaux d'une cage de fer,
Exposée au mépris, aux lâches insolences
D'une foule cruelle, aveugle en ses vengeances.

Jehanne avait reçu de l'Etre-Souverain
Ce don mystérieux qui, jadis, de Caïn
Excita la féroce et sombre jalousie :
Une *ame rayonnante* à la *grande ame* unie,
Ame intermédiaire entre le *monde et Dieu,*
Que chacun peut entendre et comprendre en tout lieu. (1)
Semblable à ces *voyants* dont les *voix* prophétiques
Agitaient d'Israël les tribus héroïques,
Elle avait, elle aussi, sa noble mission.
Voyant de son pays la désolation,
Elle jeta partout le cri de délivrance,
Et ce cri répété fit tressaillir la France.
Son enthousiasme ardent électrisa les cœurs ;
Le peuple, voulant mettre un terme à ses malheurs,

(1) Spiritus, ubi vult, spirat, et vocem ejus audis, sed nescis unde veniat, aut quo vadat; sic est omnis qui natus est ex spiritu.
(EVANGILE DE S. JEAN.)
Effundam de Spiritu meo super omnem carnem, et prophetabunt filii
vestri et filiæ vestræ; et juvenes vestri visiones videbunt, et seniores vestri somnia somniabunt. (ISAÏE, JOEL.)

Se souleva bientôt contre les insulaires,
Et chassa du pays ces hordes sanguinaires.

Mais le génie étroit de l'Inquisition
Ne vit, dans tous ces faits, que l'œuvre du démon :
Sortiléges, cabale et fantasmagorie,
Illusion des sens et damnable hérésie.
Alors on employa la ruse et la terreur
Pour lui faire signer un écrit imposteur
La déclarant *relapse, apostate, idolâtre,*
Et coupable en un mot d'erreur opiniâtre
Que l'on devait punir avec sévérité,
Pour avoir voulu croire à la réalité
Des visions de l'ame et des *voix fatidiques.*
« Signe, lui dit Erard, un de ces fanatiques,
« En lui montrant du doigt le bûcher préparé;
« Signe vite, sinon, comme je l'ai juré,
« Ton corps avant ce soir périra dans les flammes. »
Après tant de tourments, de tortures infâmes,
Son esprit abattu, sans force et sans espoir,
Ne pouvait résister : *elle signa sans voir.....*
Puis, levant vers le ciel ses yeux baignés de larmes :
« Je suis, contre vous tous, ici seule et sans armes,
« Dit-elle en sanglotant, et Dieu m'en est témoin :
« Je me confie en vous; oh ! ne me trompez point!
« Ce serait, dans ce cas, une lâche infamie. »
Mais ceux-ci la voulaient dégradée et flétrie;
Elle fut condamnée, après de longs discours,
A passer en prison le reste de ses jours.

Cependant les verrous, l'épaisseur des murailles,
Pas plus que le fracas et les cris des batailles,
Ne pouvaient comprimer l'essor de ses pensées,
Qui, trouvant dans les cœurs des haines amassées,
Les faisaient éclater par de sourdes rumeurs,
Et venaient effrayer tous ses persécuteurs.

3

Il leur fallait sa mort pour dormir plus tranquilles.
Dignement secondés par quelques ames viles,
Leur esprit infernal vint à bout d'arranger
Un prétexte nouveau pour la faire juger.
Ses gardiens, cédant à leurs conseils perfides,
Par de hideux propos, des paroles sordides,
Troublèrent son sommeil et sa tranquillité.
Enfin, pour se soustraire à leur brutalité
Et défendre contre eux sa pudeur virginale,
Oubliant un moment la défense fatale
Faite dans ce dessein par ses juges subtils,
Elle reprit un soir ses vêtements virils.
C'était ce qu'ils voulaient; l'œuvre était accomplie;
A cette heure ils étaient les maîtres de sa vie
Et pouvaient la juger; ce n'était plus qu'un jeu :
Elle fut condamnée à périr par le feu.

. . . .
. . . .

La voilà, maintenant vaincue et sans défense,
Au milieu des Anglais altérés de vengeance,
Qui, naguère, tremblaient sous son puissant regard
Et fuyaient dispersés devant son étendard.
Victime expiatoire offerte en sacrifice,
Elle marche à pas lents vers le lieu du supplice ;
Ses longs cheveux épars flottent sur son front pur,
Et sur sa robe blanche, au long voile d'azur :
Symbole d'innocence et d'hymen sur la terre,
Qui doit être pour elle un linceul funéraire.
Ses bras chargés de fers pressent contre son cœur,
Avec un saint amour, l'image du Sauveur,
Et ses yeux bleus remplis d'une flamme divine
Se lèvent vers le ciel, son antique origine,
Comme si, retrouvant ses premiers souvenirs,
Son ame était déjà réunie aux martyrs.
A l'aspect du bûcher l'effroi saisit son ame ;

Le héros disparaît et fait place à la femme :
Elle pâlit, frissonne à ce spectacle affreux,
Et deux ruisseaux de pleurs s'échappent de ses yeux.
Alors, baissant la tête : « Hélas! mon Dieu, dit-elle,
« Mourir si jeune encor, d'une mort si cruelle!
« Oh! Rouen, devais-tu me voir ainsi mourir!
« Je crains qu'on ne t'en donne un cruel repentir. »
On entendait partout, dans la foule attendrie,
Des sanglots et des pleurs. Son confesseur impie,
Qui l'avait su tromper avec un art cruel,
Poussé par les remords et par la voix du ciel,
Vint se précipiter aux pieds de sa victime,
Implorant à genoux le pardon de son crime.
Cependant, surmontant ce sentiment d'effroi,
Elle reprit bientôt son courage, sa foi,
Et la sérénité d'un cœur noble et candide ;
Monta sur le bûcher le front calme, intrépide ;
Puis, debout sur le faîte et d'un air inspiré,
Promenant sur la foule un regard assuré :
« Français, dit-elle, amis aux cœurs patriotiques,
« Vous dont j'entends encor les ames sympathiques,
« Je vous prends à témoin de cette iniquité!
« Je meurs pour la patrie et pour la liberté,
« Forte de mon bon droit et de mon innocence.
« Les anges protecteurs qui veillent sur la France,
« Et la veulent puissante et libre pour toujours,
« Ont daigné se servir de mon faible secours
« Pour chasser des Anglais la puissance ennemie,
« Qui souille encore ici le sol de la patrie.
« Maintenant on espère, en me faisant périr,
« Que parmi les Français avec moi va finir
« Le charme si puissant que donne la victoire ;
« Mais ils n'obtiendront pas cette facile gloire,
« Car mon ame immortelle ils ne la tueront pas ;
« Je les vaincrai toujours, même après mon trépas,
« Et ferai retentir le cri de délivrance,

« Tant qu'on verra paraître un seul Anglais en France. »
En ce moment on vit le bourreau s'approcher,
Et présenter sa torche aux côtés du bûcher
Où l'on avait placé des branches résineuses.
Le feu prit aussitôt; les flammes furieuses
En tourbillons affreux jaillirent dans les airs.
Alors, poussé, dit-on, par l'esprit des Enfers,
Et voulant voir de près sa victime expirante,
Qu'environnait déjà la flamme dévorante;
Ou peut-être éprouvant un secret repentir,
L'évêque s'avança, n'y pouvant plus tenir,
Pour contempler la fin de ce terrible drame.
Dès qu'elle l'aperçut, debout devant la flamme :
« Evêque! cria-t-elle, en se tournant vers lui,
« Evêque! c'est par vous que je meurs aujourd'hui;
« Vous ne l'ignorez pas, et vous en rendrez compte;
« Ma mort sera pour vous une éternelle honte. »
La flamme cependant, faisant plus de progrès,
L'enveloppa bientôt dans un nuage épais;
On entendait encore sa voix douce et mourante
Adressant au Seigneur une prière ardente.
Enfin, on entendit un long et dernier cri :
C'était l'antique ELI, ELI, SABACTANI !
L'adieu de l'héroïne et du CHRIST de la France.

. . . .
. . . .
. . . .

Cependant, Charles sept, plongé dans l'indolence,
Au sein de la mollesse et des folles amours,
Dans un honteux repos laissait couler ses jours.
Trompé par les discours, les mensonges perfides
De quelques conseillers envieux et cupides,
Il oubliait déjà celle dont la valeur

Avait de son pays relevé la splendeur;
A laquelle il devait et le sceptre et l'empire,
Et qui souffrait pour lui la mort et le martyre.
La France de nos jours, réparant cet oubli,
Voulut qu'un monument, par sa gloire ennobli,
S'élevât dans les murs sauvés par son courage (1),
Pour rendre à sa mémoire un éternel hommage.
Naguère encor ses traits, d'un modèle si beau,
Ont été reproduits par l'habile ciseau
D'une princesse artiste, en son printemps éteinte (2),
Et remontée au ciel, comme elle, *vierge et sainte.*

(1) Orléans.
(2) La princesse Marie, fille de Louis-Philippe.

Dijon, le 15 juillet 1851.

POÉSIES DIVERSES.

Le Jour de l'An.

(1851.)

A Mlle E. S.

Va-t-en, pauvre oiseau passager :
Que Dieu te mène à ton adresse !

(Alfred DE MUSSET.)

MINUIT retentissait au beffroi solitaire,
Et les sons de l'airain, comme un glas funéraire,
    Vibraient lugubrement ;
C'était le dernier cri de l'année expirante :
Une autre apparaissait, plus jeune et plus brillante,
    Souriant doucement.

Alors, ouvrant les yeux, je vis, dans la nuit sombre,
Deux grands flambeaux dont l'un ne jetait plus dans l'ombre
    Qu'une pâle clarté ;
L'autre, entouré de fleurs, de bonbons, de guirlandes,
Ne brûlait pas encore, et de riches offrandes
    Se montrait escorté.

Au même instant parut, suspendu sur la flamme,
Saint Silvestre lui-même, et vous saurez, Madame,
  Qu'autant que je pus voir,
Il avait, pour un saint, un air assez difforme,
Car il se présentait simplement sous la forme
  D'un énorme éteignoir.

La flamme s'éteignit, une épaisse fumée
Répandit dans les airs une odeur embaumée,
  Un suave parfum ;
L'autre flambeau prit feu, et, sous une guirlande,
Je lus, en lettres d'or, cette courte légende :
  MIL HUIT CENT CINQUANTE-UN.

Et puis je distinguai, dans ce léger nuage
Qui s'élevait dans l'air, une brillante image,
  Rose et blanche à la fois ;
S'agrandissant bientôt, elle offrit à ma vue
Les contours ravissants, la taille demi-nue
  D'une nymphe des bois.

Une gaze voilait ses formes si jolies ;
Un diadème d'or, garni de pierreries,
  Ceignait ses blonds cheveux ;
Un sceptre d'or brillait dans sa main purpurine,
Et j'admirais l'éclat de la flamme divine
  Qui sortait de ses yeux.

Elle me dit : « Je suis Mélusine la fée ;
« C'est pour toi qu'en ces lieux tu me vois arrivée.
  « J'apparais tous les ans
« Devant les jeunes gens portant au fond de l'ame
« Un mystère d'amour, une secrète flamme,
  « Et j'unis les amans. »

« A qui faut-il offrir tes vœux et ton hommage ?
« Quel est l'être charmant, la femme dont l'image
  « Est gravée en ton cœur ;
« Celle enfin que ton ame aperçoit dans la vie
« Comme un brillant mirage, une oasis fleurie,
  « Un rêve de bonheur ? »

« — Sylphide à la démarche et vive et nonchalante,
« Elle a, dis-je à la fée, une taille élégante,
  « Aux contours séduisants ;
« Des lèvres de corail, de belles dents d'ivoire,
« Et des yeux de créole, à la prunelle noire,
  « Aux regards enivrants. »

« — Adieu, dit-elle, ami ; je vais la voir : espère. »
Puis il ne resta plus qu'une vapeur légère,
  Et je vis, au travers,
Un carré de papier qui vers vous, chère Élise,
Parut se diriger, emporté par la bise,
  En traversant les airs.

Verdonnet, le 1er janvier 1851.

Horace à Sestius.

(Ode vi, liv. II.)

TRADUCTION LIBRE.

Solvitur acris hiems......

———

Le doux printemps revient sur l'aile de Zéphire,
Détruit de l'Aquilon le rigoureux empire,
  Et nous rend le bonheur ;
Le pêcheur fait voler sa barque sur les ondes,
Le troupeau se répand dans les plaines fécondes,
  Suivi du laboureur.

La neige a disparu sur l'herbe des prairies,
Et quand Phœbé blanchit les collines fleuries
  De ses pâles rayons,
La mère des amours conduit ses chœurs de danse ;
Aux nymphes s'unissant, les Grâces, en cadence,
  Foulent les verts gazons.

On voit tourbillonner leurs légers corps d'albâtre,
Tout retentit des cris de la troupe folâtre,
    Dansant sous les ormeaux ;
Et Vulcain tout poudreux, dans sa forge bruyante,
Par des coups redoublés sur l'enclume pesante
    Fait gémir les métaux.

Couvrons-nous de parfums pour célébrer des fêtes ;
Le myrte toujours vert couronnera nos têtes,
    Et, dans un bois sacré,
D'un chevreau nous ferons le léger sacrifice,
A moins qu'un jeune agneau, pour rendre Pan propice,
    Ne lui soit préféré.

La Mort règne en tyran sur la nature entière ;
Pour le palais des rois et pour l'humble chaumière
    Elle a même rigueur.
O heureux Sestius ! notre courte existence
Nous défend de porter trop loin notre espérance
    Dans l'avenir trompeur.

Déjà la Mort te presse, et la Parque cruelle
Te pousse durement dans la nuit éternelle :
    Tel est notre destin ;
Là, tu ne joueras plus, dans ton sort déplorable,
Qui d'entre tes amis invités à ta table
    Sera roi du festin.

Montbard, 1838.

A Vénus.

(Ode 26, liv. 1).

O Venus ! regina Cnidi Paphique.....

———

Vénus ! reine de Cythère,
Qu'à Gnide, à Paphos on révère,
De Chypre, aux bosquets odorans,
Quitte la demeure chérie,
Et viens auprès de Glycérie,
Qui pour toi fait fumer l'encens.
Que la jeunesse séduisante,
Qui, sans toi, paraît peu charmante ;
Que le brûlant Dieu de l'Amour,
Les Grâces quittant leur ceinture,
Le divin messager Mercure,
Composent ton aimable cour.

Montbard, 1838.

www.ingramcontent.com/pod-product-compliance
Lightning Source LLC
Chambersburg PA
CBHW060846180626
46818CB00004B/1609